우리 시대 현대시조 100인선 13

내 사랑은

박 재 삼

태학사

우리 시대 현대시조 100인선   13

내 사랑은

초판 인쇄 2006년 6월 20일 • 초판 발행 2006년 6월 23일 • 지은이 박
재삼 • 펴낸이 지현구 • 펴낸곳 태학사 • 주소 경기도 파주시 교하읍
문발리 파주출판도시 498-8 • 전화 (031) 955-7580 (代) • 팩스 (031)
955-0910 • e-mail thaehak4@chol.com • http://www.태학사.com • 등록
제406-2006-00008호

ISBN   89-5966-074-4   04810 • ISBN   89-7626-507-6   (세트)

ⓒ 박재삼, 2006
값 6,000 원

차례

제1부 내 사랑은

제2부 섭리(攝理)

제3부 기타

제1부 내 사랑은

비룡폭포운(飛龍瀑布韻)

하늘의 소리가 이제
땅의 소리로 화해도

설악산(雪嶽山) 비룡폭포(飛龍瀑布)는
반은 아직 하늘의 것

어둘 녘 결국 밤하늘에
내맡기고 내려왔네.

(1985)

동학사 일야(東學寺 一夜)

눈 녹은 물과 봄밤을
나란히 묻어버리면

저승 어디선가
낙숫물이 뚝뚝 지고

그대의 먼 입술가에
지금 천지(天地)가 무너진다.

(1985)

무심(無心)

가다간 파초잎에
바람이 불어오고

덩달아 물방울이
찬란하게 튕기고

무심(無心)한 이 한때 위에
없는 듯한 세상을.

(1985)

산수화(山水畵)

산은 남성으로
우뚝하고 힘이 있고

물은 여성으로
밑을 적시며 흐르니

산수화(山水畵) 그 근본은 모두
여기에 발원(發源)했네.

(1985)

삼위일체(三位一體)

하늘엔 제일 고운
달이 둥글게 솟고

땅에선 오직 기쁜
사랑이 그 비슷하고

여기에 항아리가 떠올라
아름다움을 더하네.

(1985)

신선(神仙) 바둑

바둑 한 수에는
천년(千年)이 흘러 갔는데

그 다음 한 수에는
천년(千年)이 지나도 아직

판 위에 돌 떨어지는
소리가 아니 나네.

(1985)

14

꽃 핀 것 보면서

홍(紅)모란 백(白)모란이
환하게 핀 이승에

술잔을 사이에 두면
웃음이 너무 헤퍼서

꽃같이 하늘 속에 잠시도
머물지를 못하네.

(1985)

조화(調和)

아내의 거울 속에
물을 가르고 솟는 자태

그것을 알아보는
몸뚱이가 비쳐주어서

비로소 아름다운 미인(美人)이
이 세상에 태어나네.

(1985)

한눈 팔고

푸르른 잎이 주위에
보배로이 널려 있는데

저 물방울처럼
싱싱한 것을 모르고

어디서 너는 한눈 팔고
욕심내고 있느냐.

(1985)

삼천포(三千浦) 앞바다 즉흥(卽興)

산천(山川)만 노곤하게
춘곤(春困) 속에 있지 않고
저 멀리 바다 경치도
아지랭이에 젖어서
간장(肝臟)도 미칠만하게
정(情)이 녹아 흐르네.

바다 한복판엔
돛단배 몇 척 졸고
움직이는 이 그림
새 획(劃)으로 그어서
갈매기 소리까지 얹어
운(韻)을 하나 더할까.

언제는 그 세월을
붙잡아 두었던가
가까이 바다 밑이
저승처럼 환한데

환장(煥腸)한 봄볕은 시방
머리 풀고 울고나.

(1984)

어느 골짜기에서

협곡(峽谷) 깊숙히는
무슨 사연이 깃든 듯
쟁쟁쟁 가을을 뚫어
빨간 열매 열리고
그 곳을 찾아 나서면
안개만이 흐르네.

고운 임 얼굴에는
내 사랑도 쓰여 있고
거기에 슬프고 기쁜
내력이 들어 있다.
천지(天地)는 끝없는 반사(反射),
유정(有情)키만 하고나.

(1982)

20

한 경치(景致)

바다의 큰 짐배 옆에
항상 작은 새끼 짐배

강물 위 어미오리가
새끼오리를 거느리듯

햇빛과 미풍(微風)에 함께
일렁이고 흐르네.

(1981)

혹서일기(酷暑日記)

잎 하나 까딱 않는
삼십(三十) 몇 도(度)의 날씨 속
그늘에 앉았어도
소나기가 그리운데
막혔던 소식을 뚫듯
매미 울음 한창이다.

계곡에 발 담그고
한가로운 부채질로
성화같은 더위에
달래는 것이 전부다.
예닐곱 적 아이처럼
물장구를 못 치네.

늙기엔 아직도 멀어
청춘(靑春)이 만리(萬里)인데
이제 갈 길은
막상 얼마 안 남고

그 바쁜 조바심 속에
절벽(絶壁)만을 두드린다.

(1981)

막내에게

우리 집 막내아이는
나들이갔다 방금 오고
손발이고 옷끝에
햇살을 묻히고 웃고
자세히 보면 한 옹큼
바람도 풀어 놓고나.

병으로 앓는 몸에
묵향(墨香)이 좋을까 하여
획(劃)을 가다듬고
다독이고 있던 참에
내 정신 하늘을 새로
일으키는 것이여.

뜰에는 온갖 나무가
봄 차비에 바빠서
겨우내 얼었던 속이
제 철을 만나건만

이내 몸 한구석에도
새 기운을 붓는가.

(1981)

부재(不在)

다 나가고 없는 뜰에
목련화(木蓮花)가 피었네.

반쯤은 가지를 이승에
나머지는 저승에

골고루 사람이 없는 데 따라
고이 여는 꽃이여!

(1979)

호일(好日)

산허리 아지랑이
바윗가에 이는 물살

춘분(春分) 기운은
뭍에만 그칠까보냐.

양가(兩家)에 차린 그 잔치
두루 호일(好日)이고나.

(1966)

별

차마 끊을 수 없어
반짝이는 인연인가,
손가락 사이 사이
빠져나간 별의 거리,
메울 수 없는 무력(無力)을
이미 울지 않는다.

오로지 감추기엔
불과 같은 죽음이여,
또한 드러내기엔
부끄러운 목숨이여,
그 거리 합쳐진 듯 갈라진 듯
은하수(銀河水)는 흐른다.

가슴 울렁거려
내 자리잡지 못하고
하나 아닌 그리움
헤아리지 못하여

밤 인생(人生) …… 언덕에도 오르네,
시궁창에 빠지네.

(1964)

봄 속의 아이

풀밭엔 풀밭 소리,
못가엔 또 다른 소리,
봄 하는 소리는
헤아리기 어려운데
한자락 끝이나 잡는
노는 아이 창가여.

돌돌돌 도랑물 소리
이어진 그 구슬이
창가 소리 속에
몇 가닥은 흘러들어
기승(氣勝)한 목청을 끌고
갈 데까지 가 본다.

창가와 함께 달리던
아이는 쓰러지고
스미는 풀 냄새
흙 냄새 아득한데

창가를 그친 대목에
종다리가 솟는다.

(1964)

떠나는 기러기

떠날 임시(臨時)해서는
울먹이며 흐르더라,
기러기 날개 밑이
비어나는 정든 나라,
강물을 차마 질러서
갈 수 없는 마음이여.

지내보면 흥부동네
가난키야 했지만,
발톱에 묻은 흙이
바람에 떨어질까,
공중에 지는 그 눈물
수(繡)실 뜸뜸 놓다가.

밀물로 산그늘이
밀려 오는 해질 녘을,
사람은 언제부터
돌에 한(恨)을 새겼던가,

구만리(九萬里) 끝없는 하늘
날갯짓이 아롱져.

(1964)

내 사랑은

한빛 황토(黃土)재 바라
종일 그대 기다리다,
타는 내 얼굴
여울 아래 가라앉는,
가야금 저무는 가락,
그도 떨고 있고나.

몸으로, 사내 장부가
몸으로 우는 밤은,
부연 들기름불이
지지지 지지지 앓고,
달빛도 사립을 빠진
시름 갈래 만(萬)갈래.

여울 바닥에는
잠 안 자는 조약돌을
날 새면 하나 건져
햇볕에 비쳐 주리라.

가다간 볼에도 대어
눈물 적셔 주리라.

(1964)

난간(欄干) 3수

모란 수부룩히
덕수궁(德壽宮) 한나절을
부신 세상을
섬섬옥수(纖纖玉手) 가리우듯
다락엔 물빛을 막은
난간(欄干) 고이 둘렸네.

하늘 푸른 나라엔
아리따운 낭자(娘子)들
모란향(香) 어지러워
가누시는 허리를
꽃무늬 난간(欄干)에 새겨
좋이 받쳐 드렸네.

치마를 느껴 보아라
구름을 그려 보아라
오히려 꾀꼬리는
아득한 꿈에서 우나

난간(欄干)을 돌고 돌던 것
정성으로 하리라.

(1963)

낚시 생각

눈을 감고 누운
잔잔한 못가에서
그 또한 조용하니
낚싯대 드리우면
일상(日常)을 기다리는 것,
시(詩)를 쓰듯 하던가.

더러는 찌가 떨리면
따라 마음 설레이고
알맞은 손무게 끝에
비늘 이는 고기 한 마리
빛나는 하늘 아래선
법열(法悅)보다 크던가.

해가 설핏하면
무료(無聊)도 절로 거두어
군색(窘塞)하지 아니,
가는 논두렁길로

가만히 시(詩)나 그 한 수
외면서 가던가.

(1963)

섬에서

명분(明分)도 없는 수도(水道)를
사이하여 바라뵈는
뭍에선 봄 기운이
띠를 둘러 흐르는데
세월은 주저앉은 채
한시름 푸는 중이다.

갈매기 두어 마리
무심(無心) 끝에 오르고
다만 손짓으로는
가릴 수 없는 햇살,
화안한 배추밭 하나
눈썹 위에 와 있다.

아무리 둘러봐야
드디어는 물새처럼
모가지 휘어지는
하얀 뒷덜미 설움,

뭍으로 오르다 그만
지쳐 쉬는 바다여.

(1963)

물 옆에 노는 아이

물 옆에 노는 아이는
물빛 닮은 마음일레.
햇살도 잘 받고
바람 또한 잘 받고
종일을 지치지 않고
살에 차는 기쁨을.

풀잎에 이슬모양
손끝에 물방울 달고
빛나는 하늘 속에
퍼지는 네 웃음이
멀찍이 꽃으로 서서
시름 잊게 하노나.

(1961)

그대 목소리

내 귀가 열렸다면
몇 겁(劫)을 통하여야
들릴까 그대 목소리,
기다리던 봄이다마는
저승은 따로 없어라
눈에 덮인 이 강산(江山)!

설움이 바닥 나면
오히려 잃을 것 없고
이런 날 스스로이
내 가슴 울어지는
그 속에 그대 목소리
눈 내리듯 잠겼네.

하늘빛 뒤엔 아직
보이는 것 별로 없고
몸 하나 마음 하나
깃을 떠는 나날을

동백꽃 짙은 그늘엔
하늘 소리 새 소리.

(1960)

가람(嘉藍) 선생 댁에서

바람에 흔들리는
앵두라 나무 보고
이랑져 굽이치는
서울 기왓집 보고
사람도 하여간에 그리
사는 거라 느낀다.

그늘로 등을 돌린
건란(建蘭) 두어 분(盆)을
오늘을 두고만
햇빛은 밝았을까만
심심한 세월을 엮은
고책(古冊) 너머 내린다.

(1960)

제2부 섭리(攝理)

수양산조(垂楊散調)

굿은 일들은 다
물아래 흘러지이다.
강(江)가에서 빌어 본
사람이면 이 좋은 봄날
휘드린 수양버들을
그냥 보아 버릴까.

아직도 손끝에는
때가 남아 부끄러운
봄날이 아픈
내 마음 복판을 뻗어
떨리는 가장가지를
볕살 속에 내 놓아……

이길 수가 없다,
이길 수가 없다,
오로지 졸음에는
이길 수가 없다,

종일을 수양이 뇌어
강(江)은 좋이 빛나네.

(1958)

구름결에

어질고 기쁜 이의
눈망울을 흐르던 것이
구석진 설움에까지
천년토록 어리어
임 마음 내 마음이 시방
구슬 꿰어지누나.

사랑은 마지막을
언짢다 치부하고
대천지원수(戴天之怨讐)는
같이 살아 용타마는
엄두도 안 갈 하늘에
높이 높이 뜬 구름.

마음이 허울 벗기어
아리아리 서러우면
살얼음 풀리는 밑에
흔들리는 기운을 보듯

그 온갖 낭자(狼籍)턴 것이
얼비치어 오누나.

어린 예닐곱 살의
맑은 시냇물에
손발 담그던
카랑카랑한 목소리를
뒷덜미 가려운 결에
하도 희게 느껴라.

평생 빠안한 죽음의
한자락에 이었기로,
땅 밟은 우리 목숨이
말짱히 눈물 가시고
머언 그 하늘 뒤안에
볕들 듯이 가리아.

(1956)

노안(蘆雁)

그 많은 기러기 중에
서릿발 깃에 짙은
애비도 에미도
그 위에 누이도 없는
그러한 기러기놈이
길을 내는 하늘을!

하늘은 비었다 하면
비었을 뿐인 것을
발치에 가랑가랑
나뭇잎 묻혀 오는
설움도 넉넉하게만
맞이하여 아득하여.

사람이 지독하대도
저승 앞엔 죽어 오는
남(南)쪽 갈대밭을
맞서며 깃이 지는

다같은 이 저 목숨이
살아 다만 고마와.

그리고 저녁서부터
달은 밝은 한밤을
등결 허전하니
그래도 아니 눈물에
누이사 하마 오것다 싶어
기울어지는 마음.

(1956)

촉석루지(矗石樓趾)에서

촉석루(矗石樓), 촉석루(矗石樓)가
이 자리에 서 있었것다.
그냥 덩실하여
우러르던 일상(日常)을,
그것이 무너지고는
손이 처진 합장(合掌)을.

세간 흩어져서
재로 남는 백성들은
의기(義妓) 버선발 뜨듯
추녀끝 돌아나가듯
하 높은 가을 하늘 밑
그림자만 서성여.

시방 가랑잎은
한두 잎 발치에 지고
저무는 기운 속에
대숲은 푸르며 있고

이 사이 소리도 없는
물은 역시 흐른다.

(1956)

.

* 지금은 촉석루(矗石樓)가 재건되었지만, 6·25(六·二五)가 난 직후
에는 전화(戰火)로 말미암아 터만 남아 있었다.

산골 물 옆에서

아이는 엊그제 죽고
어슬렁히 나섰더니
항상 틔어 있던
낭랑한 재롱이 오늘
어느새 시냇물되어
내게 나아오더니라.

이 우리 동무들을
아이는 보라고 한다.
아주 친하디 친한
잎이여 꽃이여 잎이여,
눈 위에 눈썹이 있어
더욱 예쁜 얼굴을.

아이는 내 꿈결의
복판을 흘러가 버려,
울음만 남은 그 옆에
꽃이며 잎이며

그 옆에 나하며 사뭇
그늘져 겨웁더니라.

(1956)

꿈이라는 것

아가야 이야기는
슬기롭고 신기하다.
이제 막 꿈꾼 일을
엄지가락 자랑으로
「엄마야 알아맞춰 봐!」
기가 차게 조르네.

엄마는 아가를 안고
꿈을 안고도 어두워
너희 기쁜 세상과
무색(無色)한 엄마를 비겨
우람한 고목(古木) 밑동과
그 가지 끝을 보는가.

(1956)

숲에서 보는 하늘

풀과 나무가 짙은
그 속에 얼마를 지내,
손끝 가난하니
등(燈) 올리는 마음씨야
쪽빛진 하늘이 새삼
쪽빛으로 트이어.

하늘은 오랑캐꽃
핀만치 작기도 하고,
또 그만치밖에
흔들릴 따름인 것이,
우리도 모를 우리 맘에
못을 파고 내리어.

그리운 못 위에도
무늬진 햇살이거든,
새 소리 소리 은은히
맘에 흘러들어

비로소 잔잔한 기쁨,
물은 반짝이노나.

(1956)

가을에

가다간 밤송이 지는
소리가 한참을 남아
절로는 희뜩희뜩
눈이 가는 하늘은
그 물론 짧은 한낮을
좋이 청명(淸明)하더니라.

성묘(省墓) 공손하니
엎드린 머리에도
하늘은 드리운 채로
휘일(諱日)같이 서글프고
그리운 이를 부르기
겨워 이슬 맺히네.

세상이 있는 법은
가을 나무 같은 것
그 밑에 우리들은
과일이나 주워서

허전히 아아 넉넉히
어루만질 뿐이다.

(1955)

환도부(幻島賦)

닦이고 허물 없는
웃음이나 서로 비추며
노래는 조용히 익어
안소리로 가꾸는
가난은 물새 바자니듯
그러구러 살더니라.

만져서 화안하여
염주(念珠) 같은 마음일레.
고운 임이여!
손들고 헤어져 보면
다시도 넘치는 둘레
연분(緣分)하여 뵙는데.

한옆엔 고둥껍질의
자라나는 靑무늬
보아라, 사랑하여
우연(偶然)하는 사람끼린

온전히 목숨 다할 날을
캐고 들 수 있는가.

(1955)

어느 날

하야니 바랜 빨래가
햇살보다 눈부시어
이제 속일 수 없이,
지낸 날이 비쳐 오는
어머님 손 간 데마다
또 하나 큰 은혜여!

그 날은 뒷덜미가
가렵도록 부끄러워
들내어 무엇 하나
자랑할 수도 없는데
하늘이 첨 열리던 날에
다시 있게 하여라.

욕된 피 가시우면
구름도 고운 것이
돌아앉은 골에
꽃이 피는 그 모양도

새 노래 골에만 돌아도
이미 알고 있어라.

(1955)

남해유수시(南海流水詩)

밤이면 밀려 오던
조수(潮水) 소리도 귀에 멀어
한려수도(閑麗水道)는
하나 목숨발같이
잔잔한 결을 지어서
흐르고만 있고나.

난장진 피바다 속에
눈뜨고 목숨 지운 이
사(四)백년 흐른 오늘도
목이 마른 하늘가에서
이승을 바라는 곳에
은하(銀河)로 보일 수도(水道)여.

동백(冬栢)을 피워 올리고
있는 섬둘레마다
미향(微香) 어리인 것이
제여금 무리 일어

여기도 성좌(星座) 한자락
도란도란거리고나.

(1955)

섭리(攝理)

그냥 인고(忍苦)하여,
수목(樹木)이 지킨 이 자리와
눈엽(嫩葉)이 봄을 깔던
하늘마저 알고 보면
무언지 밝은 둘레로
눈물겨워도 오는가.

신록(新綠) 속에 감추인
은혜(恩惠)로운 빛깔도
하량없는 그 숨결
아직은 모르는데
철없이 마음 설레어
미소(微笑)지어도 보는가.

어디메 물레바퀴가
멎는 여운(餘韻)처럼
걷잡을 수 없는 슬기
차라리 잔(盞)으로 넘쳐

동경(憧憬)은 원시(原始)로웁기
길이 임만 부르니라.

(1955)

강(江)물에서

무거운 짐을 부리듯
강(江)물에 마음을 풀다.
오늘, 안타까이
바란 것도 아닌데
가만히 아지랭이가 솟아
아뜩하여지는가.

물오른 풀잎처럼
새삼 느끼는 보람,
꿈같은 그 세월을
아른아른 어찌 잊으랴,
하도한 햇살이 흘러
눈이 절로 감기는데……

그날을 돌아보는
마음은 너그럽다.
반짝이는 강(江)물이사
주름살도 아닌 것은,

눈물이 아로새기는
내 눈부신 자욱이여!

(1953)

눈물

말 못할 아픔에 이리
가슴이 메어지면

절로 더워지는
눈시울은 흐려지고

그 속엔 매정스런 꼴이
떠오를 리 없어라.

(1952)

금관(金冠)

떨어진 꽃잎처럼
흘려 보낸 세월이라
어느 탐스런 여왕(女王)도
그리움이 멀어지면
저절로 눈물 괴어라
아롱아롱 빛나라.

오늘, 이 가슴 환히
하늘로 트였는데
종달새 노래 아닌
무언지 들려올 듯
나 혼자 알고 느껴라
서라벌(徐羅伐)의 그 소리.

(1952)

다보탑(多寶塔)

고이 갈앉은 마음
발들이긴 두려운데
아득한 꿈을 따라
백운교(白雲橋) 올라서면
첩첩(疊疊)이 쌓인 공덕(功德)이
꽃이 되어 벌어라.

자하문(紫霞門) 아래 서서
눈으로 날아보다
신라(新羅)는 고운 나라
하늘마저 보드랍고
천년(千年)을 누린 무지개
하마 설 것 같아라.

(1952)

모랫벌에서

모랫벌에 홀로 누워
내가 나를 잊고 보면
발밑이 간지라운
갈매기 걸음이랑
굴 속을 나온 소라로
겨워 보고 싶은 졸음.

내사 예가 진정
어딘지도 몰랐으면
뜨는 해 지는 달이
한결로 바뀌는데
슬기론 재주로 요리
벌레모양 뒹구리.

(1951)

어린 봄빛

봄 오는 진달래가
산을 한창 퍼져 들면

순이는 골짝에서도
시집가는 날이 있어

오막집 높은 채일은
도원(桃源)인 양 환하다.

(1951)

해인사(海印寺)

가야산(伽倻山) 으늑한 계곡(溪谷)
가을빛이 타고 있고
홍류동(紅流洞) 흐르는 물
굽이마다 어린 단풍
아직도 경판(經板)은 남아
길을 길이 밝히다.

사명당(泗溟堂) 홍제존자(弘濟尊者)
수도(修道)하신 홍제암(弘濟庵)은
기왓장 푸른 이끼
고색(古色)이 새로운데
깨뜨린 비갈(碑碣)을 보면
마음 다시 아파라.

(1948)

제3부 기타

반상천문(盤上天文)

－조훈현 천하통일(曺薰鉉 天下統一)에 붙여

반상(盤上)에 바둑을 두어
나가는 것이 아니라

아득히 천문(天文)을
끌어들여 헤아리더니

드디어 너는 그것을
주무르고 있구나.

(1985)

그리운 남쪽바다
―노산(鷺山) 선생 영전(靈前)에

「때묻은 소매」라고
노래했을 적에는
고향은 떠나도 모두
이승의 일이었지만
이제는 저승에 높이
좌정(坐定)하고 계심이여!

뼈 속 깊이까지
그리운 남쪽바다
어깨에는 어느새
물살 한줄기 와 있고
남기신 말씀과 글은
가슴마다 찼고나.

우리의 것인 얼은
산천에 널려 있다.
밤낮으로 갈고 닦아
빛을 내던 당신이여!

그 뜻을 이어 받아서
이 강산에 펴리라.

(1983)

대붕(大鵬)의 기상(氣象)을 안고
―중앙일보(中央日報) 창간 17주년(周年)에

사람이 살면 얼마를
산다는 것이랴.
기껏해야 백년(百年)을
못 넘기는 허망함을,
그러나 소나무를 보아라,
몇 백년(百年)은 예사다.

하늘을 향한 의지(意志)
중천(中天) 높이 솟구치고
바다를 멀리 보며
바깥으로 뻗는 정기(精氣),
사방은 푸른 것만이라
그를 닮아 가느니.

바닷빛 하늘빛이
영원(永遠)에 닿아 있고
거기에 소나무도
창창(蒼蒼)히 또 낙락(落落)히

대붕(大鵬)의 기상(氣象)을 안고
하늘 밖을 날은다.

그리하여 겉으로는
비늘이 용처럼 돋고
꿈틀거리는 뜻이
우레같이 우렁차다.
한 줄기 소나기가 시방
묻어올 듯하구나.

이미 간 세월은
묵은 역사를 새기고
물같이 오는 세월
미지(未知) 속에 열려 있다.
지나온 길을 돌아보아라,
은(銀)빛 반짝이노니.

우람한 등걸에는

박토(薄土)를 이긴 흔적
어디서 올 것인지
알지는 못하지만
백학(白鶴)이 깃을 치도록
자리 하나 비어 있다.

오늘의 운자(韻字)에는
푸를 청자(靑字)가 빤하다.
청천(靑天)에 청룡(靑龍)이 뜨니
그 아니 시원한가.
그 속에 청사(靑史)에 새기는
힘이 있는 발자국.

(1982)

곡 조원일 형(哭 趙源一 兄)

한밭집 인삼주(人蔘酒)가
좋다면서 끌고도 가고

언제는 머루주(酒) 한 병
가져도 오던 친구

그 인정 우리 가슴에
술 괴이듯 괴었네.

슬기는 별빛으로
아득히 비치던 그

하직의 그날은
하늘이 더욱 멀고

별 하나 새로 생겨서
떨고 있던 것이여.   (1967)

* 그는 연세(延世)대학을 졸업하고, 대한일보 문화부에서 같이 일했
  다. 1966년 12월 4일 윤과(輪禍)로 아까운 생애를 닫았다.

아름다운 슬픔과 탄력의 미학

—박재삼 시조의 의미—

이지엽

시인 · 경기대 교수

1.

오늘에 이르기까지 70여 년 남짓한 현대 시조의 흐름은 문단 전체적으로 보아 왜소해 보이기 이를 데 없는 것이었다. 한물 간 장르로 인식되는 것은 물론 이려니와 아직까지 시조냐? 하는 투의 몰이해와 거부 반응이 비등하였다. 자유시와 시조를 동시에 창작하는 사람에게 이러한 문단 내부의 기류는 상당한 심적인 부담을 주게 된다. 필자 또한 그런 중압감에서 완전히 자유로운 적이 없었다. 더욱이 작품의 실제 창작 과정에서 하나의 시상과 전개를 두고 어느 쪽으로 할 것인가 고민할 때는 난감하기까지 하다. 그러나 대저 학문과 예술이 그러하듯 경지에서는 통한다고 하던가. 좋은 시조는 시조로 그치는 것이 아니고 좋은 시가 될 수 있으며 그 역도 가끔 성립한다. 특히 시의 리듬을 중시하는 대다수의 시인들은 그것이 무의식의 발로라 할지라도 시조의 운율을 따르고 있다. 서정주의 「문둥이」와 조지훈의 「승무」의 시편들을 보라. 필자는 수년 전 한국 근대시의 생성과정에 주목한 논문에서 우리 현대문학의 전통단절론 폐해를 지적하고 '고시조 → 개화기 시조 → 근대시'로의 변모과정을 중점적으로 살핀 바 있다.[1]

이 글에서 잠정적 결론으로 우리 근대시의 생성 동인이 전통장르인 평시조와 사설시조임을 강조하였다. 최초 근대 자유시인 「눈」이란 작품이 사설시조의 원형적 요소를 지니고 있으며,[2] 「샘물이 혼자서」라는 작품이 평시조의 三章을 원용한 구조라는 점은 이 점을 확실하게 뒷받침해 준다 할 것이다. 1995년 여름 광주여대에서 열린 문

1) 이지엽, 「시조가 근대 자유시에 미친 영향」, 『首善論集』 제16집, 성균관대학교 대학원, 1991.
2) 최초 근대 자유시를 1919년 『학우』라는 잡지에 발표한 「눈」이라고 보는 입장은 정한모가 대표적이라 볼 수 있으며 필자 역시 이에 이의를 제기하지 않는다. 중요한 점은 「눈」이란 작품이 4수로 된 사설시조란 점이다. 그러나 최초의 근대 자유시를 「불놀이」로 볼 경우 이 작품이 역시 사설 시조적 요소를 많이 지니고 있다. 정한모, 『한국현대시문학사』, 일지사, 1982.

예창작 워크숍에서 필자는 또 한 가지 놀라운 사실을 목도하지 않을 수 없었다. 이 워크숍은 창작전문인을 위한 과정이었는데 창작지도를 받기 위해 제출한 시 작품이 거의 시조의 율격 구조와 일치하거나 근접하고 있다는 사실이었다. (실제 이들 중 시조를 창작해 본 사람은 하나도 없었고 창작을 할 때 시조를 염두에 둔 사람은 없었다.)

실제 대학에서 시와 시조 창작을 지도해보면 이 점은 확연하게 구분된다. 시조는 처음에 형식을 맞추기 어렵지만 일단 그 가락을 체득하면 쉽게 정상으로의 접근이 가능한 반면 시는 그렇지 못하다. 시의 형식이 워낙 자유분방한 데다 다양한 형식이 내용을 제어하는 경우가 왕왕 있기 때문이다. 그러나 이 점은 달리 생각해 보면 시조가 훨씬 우리의 체질적 호흡에 맞는 신토불이(身土不二)의 산물이라는 결론에 이르게 된다. 시조에는 한 번 빠지면 매료되는 힘이 있다. 그 힘은 쉽게 설명되지 않는다. 3장의 구조가 그렇고 각 장의 적절한 분구(分句)가 그렇고 종장의 긴장과 이완의 미학이 그렇다. 초·중·종장을 3-4-3-4, 3-4-3-4, 3-5-4-3으로 보는 자수 구분으로 보는 답답함이 시조단에 아직도 적지 않게 상존하는 것이 사실이지만, 그리고 자유시인들의 안목 또한 그렇지만 시조의 미학을 이러한 자수율로 규정하려는 것은 크게 잘못된 인식이 아닐 수 없다. 박재삼 시인의 시조 작품을 논하는 자리 모두에 시조와 자유시의 관계, 시조의 형식장치 등을 사설처럼 늘어놓는 이유는 그는 적어도 시조의 형식적 장치를 자유자재로 운용했던 유일의 시인이라는 판단에서다. 사실 그가 남긴 시조 작품은 불과 50여 편에 지나지 않는다. 수백 편의 자유시에 비하면 많은 양은 아니지만 그가 시조단에 끼친 영향은 막급하다하지 않을 수 없다. 아울러 많은 양의 자유시 작품이 그가 자연스럽게 체득한 시조의 미학적 장치에 의해 창작되어졌음도 어렵지 않게 추정해 볼 수 있다.3) 이 점은 별도의 기회를 통해서 살펴보기로 하고, 여기에서는 그의 시조작품의 문학적 지향점과 그가 독보적으로 이룩했다고 보여지는 형식장치의 미학을 살피는데 주안을 두기로 하겠다.

2.

박재삼 시인은 주지하다시피 1953년 『문예(文藝)』지(誌)에 첫 추천을 받게 되는데 여기에 「강(江)물에서」라는

---

3) 심지어 그의 대표작인 「울음이 타는 강(江)」이란 작품도 사설시조의 형식장치 안에서 설명될 수 있다. 1연과 2연이 한 수에 해당하고, 3연을 한 수로 볼 수 있어 결국 두 수의 사설시조로 볼 수 있는데 각 수가 의미상 삼분(三分)된다는 점, 첫 수의 초·종장에 해당되고 둘째 수의 초장에 해당되는 부분이 거의 평시조의 형식장치 안에서 설명된다는 점, 1행의 주된 음보가 4음보라는 점이 이를 단적으로 반증해준다 하겠다.

시조가 포함되어 있다. 그 이전의 작품으로는 1948년 「해인사(海印寺)」, 1951년 「어린 봄빛」 「모랫벌에서」, 1952년 「다보탑(多寶塔)」 「금관(金冠)」 「눈물」 등이 있다.[4] 그러나 이들 작품 중 「해인사(海印寺)」, 「다보탑(多寶塔)」에서는 한자어와 사물의 명칭들이 많이 등장하고, '나 혼자 알고 느껴라/ 서라벌(徐羅伐)의 그 소리'(「금관(金冠)」에서)처럼, 육화되지 않는 관습적 표현들이 노출되고 있다. 그러나 추천작인 「강(江)물에서」란 작품에서는 이러한 단점들이 어느 정도 극복되고 있다.

무거운 짐을 부리듯
강(江)물에 마음을 풀다.
오늘, 안타까이
바란 것도 아닌데
가만히 아지랭이가 솟아
아뜩하여지는가.

물오른 풀잎처럼
새삼 느끼는 보람,
꿈같은 그 세월을
아른아른 어찌 잊으랴,

---

4) 여기에서의 작품 인용은 그의 시조집 『내 사랑은』(영언문화사, 1985)에 따랐다.

하도한 햇살이 흘러
눈이 절로 감기는데……

그날을 돌아보는
마음은 너그럽다.
반짝이는 강(江)물이사
주름살도 아닌 것은,
눈물이 아로새기는
내 눈부신 자욱이여!

―「강(江)물에서」 전문

　「추억에서」 연작을 비롯한 많은 시편들에서 보듯 그의 작품은 대개 회상의 모티프가 주류를 이루고 있다. 친(親)자연적인 소재를 통해 삶의 의미를 재조명하려는 노력을 그야말로 가열차게 보여주었다고 볼 수 있는데 이러한 경향은 이미 등단 초기에서부터 잘 나타나고 있다. 인용 작품은 무한적 자연 현상의 강물과 유한적 개체인 서정자아의 회상이 교차되는 공간의 내밀성을 '아지랭이'의 실체를 통해 잘 보여주고 있다. 특히 1연에서의 회상으로의 도입부를 '가만히 아지랭이가 솟아/ 아뜩하여지는가'라고 하여 '아지랭이'와 '아뜩'함의 이질적 촉감을 '솟아'라는('피어오르는'이 아니라) 다소 강렬한 동사로 연결하고 있다. 양자의 상반된 이미지를 일거에 해소시

키고 있는 것이다. 그리고 이 친화력은 자칫 밋밋하기 그지없는 시조에 탄력과 긴장을 불러일으키는 구실을 하고 있다. 아울러 이러한 '아지랭이'의 '솟아' '아뜩'함이 둘째 수에 얼마만큼 용의주도하고 자연스럽게 접근하고 있는가에 주목해 볼 만하다. '물오른 풀잎'의 이미지나 '아른아른'의 의태어, '하도한 햇살이 흘러 눈이 절로 감기는' 행동들은 전체가 '아지랭이'에서 연유되고 있다. 그러므로 예고된 이미지들에 의해 축조된 이 표현들은 들뜨거나 공허하지 않고 제자리에 어울리는 안정감을 주고 있는 것이다. 다만 3연에서 '눈물이 아로새기는/ 내 눈부신 자욱이여'라고 하여 감상적 차원으로 떨어진 부분이 거슬리기는 하지만 당대의 시조단 실정을 감안해보면 신선한 바람을 일으킬 만한 작품이었던 것이다.

가다간 밤송이 지는
소리가 한참을 남아
절로는 희뜩희뜩
눈이 가는 하늘은
그 물론 짧은 한낮을
좋이 청명(淸明)하더니라.

성묘(省墓) 공손하니
엎드린 머리에도

하늘은 드리운 채로
휘일(諱日)같이 서글프고
그리운 이를 부르기
겨워 이슬 맺히네.

세상이 있는 법은
가을 나무 같은 것
그 밑에 우리들은
과일이나 주워서
허전히 아아 넉넉히
어루만질 뿐이다.

—「가을에」 전문

  1955년 발표된 「가을에」란 작품에서는 성묘 길에서 깨
닫는 생의 관조적 자세가 잘 드러나 있다. 이는 '밤송이
지는' '가을나무'를 통해 구체화되고 있는데 초반부의 도
입이 절묘하다. '밤송이 지는 소리 → 하늘 → 청명(淸明)'
의 연결이 아무래도 통사적 구조를 무너뜨리고 있지 않
는가 라는 의구심을 갖게 한다. 보통의 경우라면 '가다간
밤송이 지는/ 소리가 한참을 남아'는 '성묘길을 가다가/
밤송이 지는 소리에' 정도로 표현할 것이다. 왜냐하면 시
조에서는 대개 초·중·종장의 각 장이 두 개의 구(句)로
나누어지는 6구의 형식장치를 큰 이의 없이 받아들이기

때문이다. 인용시를 의미상 나누어 보면 '가다간'이 전구(前句)가 되어야 하고 뒤따르는 '밤송이~남아'가 후구(後句)가 되어야 하는데 이를 작위적으로 '밤송이 지는'에서 행(行)가름을 하고 있어 언뜻 보기에 어법이 잘못된 것처럼 보이는 것이다. 그렇다고 해서 그냥 이를 적당히 꿰맞추어 앞에서 고친 것처럼 전후구(前後句)로 나눈다면 시의 묘미는 반감되고 만다. 여기에서 시인이 중요하게 생각한 것은 '밤송이 지는 소리'가 아니라 그 소리가 '한참을 남아'있는 것에 있기 때문이다. 생각해 보라. '소리'의 중심은 소리를 내는 물체에 있지만 '한참을 남아'의 중심은 한참을 남아 있는 '공간'에 있기 마련 아닌가. 그 공간은 어떤 공간인가. '절로는 희뜩희뜩 눈이 가는 하늘'이다. 그냥의 '하늘'이 아니라 '절로는 희뜩희뜩 눈이' 가는 하늘이라고 하였다. 산길을 걷는 것을 상상해 보라. 조용한 산길. 여문 밤알이 떨어지는 소리가 들린다. 한참동안 그것은 잘고 긴 여음을 남긴다. 그 여음의 발신지를 찾느라 우리는 귀를 쫑긋 세운다. 그러나 서있는 주위는 나무에 둘러싸여 그 소리의 진원지를 찾아내기 힘들다. 그러다가 나무 잎 사이로 언뜻 비치는 빈 공간 곧 하늘을 본다. 파랗다. 혹시 소리가 그 빈 공간으로 빠져나가고 있지 않나. 누가 무어라고 말한 것도 아닌데 '희뜩희뜩' 눈이 가기 마련인 것이다. 그의 작품을 두고두고 읽게 하는 매력은 이러한 행간의 의미와 깊이에 있다고 할 것이다.

세상을 읽어내는 관조적 자세는 '허전히 아아 넉넉히'에서 잘 드러나고 있다. 과일의 '떨어짐'과 '주워올림'을 동시에 취하고 있는 것이다. '떨어짐'은 둘째 수에서 보게 되듯 '휘일(諱日)'의 죽음에 대한 인식에 맞닿아 있다. 슬픔의 정서인 것이다. 이남호 교수의 지적대로 그의 시는 슬픔의 미학에 깊이 길들여져 있음이 사실이다.[5] 순도가 높은 지극한 슬픔의 정서가 아름답게 배어 있다. 슬픔을 아름답게 보이게 하는 것은 그의 독특한 언어 구사에도 있지만 '넉넉히/ 어루만지는' 충일과 안분에도 있는 것이다.

여울 바닥에는
잠 안 자는 조약돌을
날 새면 하나 건져
햇볕에 비쳐 주리라.
가다간 볼에도 대어
눈물 적셔 주리라

―「내 사랑은」 부분

창가와 함께 달리던
아이는 쓰러지고

---

5) 이남호, 「슬픔과 삶의 이치」, 『겨레시조』, 1992년 여름, 190면. 이 글에서 그는 박재삼을 '슬픔의 미학(美學)'을 가장 세련되게 성취한 시인으로 평가하고 있다.

스미는 물 냄새

흙 냄새 아뜩한데

창가를 그친 대목에

종다리가 솟는다.

―「봄 속의 아이」 부분

　그의 시조에 있어 슬픔의 정서는 '모가지 휘어지는/ 하얀 뒷덜미 설움'(「섬에서」)이거나, '아리아리 서러운 마음'(「구름결에」)이거나 '오히려 잃을 것 없는 바닥난 설움'(「그대 목소리」) 등 어렵지 않게 찾아 볼 수 있다. 그러나 슬픔을 값싼 감상의 차원으로 떨어뜨리지 않게 하는 탄력을 그는 중시하고 있다. 「내 사랑은」에서 서정자아는 실패한 사랑에 좌절하고 방황하는 자아를 그려낸 것이 아니라 '조약돌'을 통하여 애잔하고 끝없는 사랑의 아름다운 파문을 보여준다. 그러므로 우리는 이 작품에서 볼에도 대어 '눈물 적셔 주'는 서정자아의 애틋한 사랑에 자신도 모르게 동승할 수 있게 되는 것이다. 「봄 속의 아이」역시 쓰러짐과 아뜩함의 유년 체험적 가난과 슬픔이 있지만 '종다리 솟는' 상승적 이미지에 의해 그 슬픔이 아름답게 승화되는 힘을 얻고 있는 것이다. 이러한 아름다운 슬픔의 이중성은 비교적 후기의 작품으로 오면서 무욕·무심의 세계로 접근하기 시작한다. 「조화(調和)」「한눈 팔고」「꽃 핀 것 보면서」「신선(神仙) 바둑」 등의 작품이 이

러한 세계관을 잘 드러내 보여주고 있는데 여기에는 하늘
과 땅, 산과 물, 이승과 저승의 합일적 통일을 추구하려는
시작 태도가 바닥에 만만찮게 흐르고 있다.

하늘엔 제일 고운/ 달이 둥글게 솟고
땅에선 오직 기쁜/ 사랑이 그 비슷하고
여기에 항아리가 떠올라/ 아름다움을 더하네

「삼위일체(三位一體)」전문이다. 제목에서도 나타나듯
'하늘'과 '땅'의 접합지점에 '항아리'를 설정하고 '달'과
'사랑'의 합일점인 '아름다움'에로 나아간다. 여기에는 초
기 작품에서 보게 되는 슬픔이나 한(恨)이 없다. 걷어내
버릴 것은 다 걷어내 버린 '비어 있음의 충일'을 담담하
게 그려내고 있는 것이다. '항아리'가 그냥의 항아리가
아니라 인간의 몸이나 생각의 객관적 상관물임을 어렵잖
게 가늠해 볼 수 있다. 그러므로 '삼위(三位)'라는 것은
천(天)·지(地)·인(人)이고 이의 합일을 꾀하는 조화의
정신이 주제를 이루고 있는 것이다. 그러나 무엇보다 후
기의 작품을 포함하여 박재삼 시인의 특유의 색깔과 향
기가 나는 시조는 다음의 작품이 아닌가 생각된다.

하늘의 소리가 이제
땅의 소리로 화해도

설악산(雪嶽山) 비룡폭포(飛龍瀑布)는
반은 아직 하늘의 것

어둘 녘 결국 밤하늘에
내맡기고 내려왔네.

1985년 발표된 「비룡폭포운(飛龍瀑布韻)」이라는 작품의 전문이다. 일찍이 조운은 「구룡폭포(九龍瀑布)」라는 작품에서 '사람이 몇 날이나 닦아야 물이 되며 몇 겁(劫)이나 전화(轉化)해야 금강에 물이 되나! 금강에 물이 되나!'라고 하였고 '구룡연(九龍淵) 천척절애(天尺絶崖)에 한 번 굴러 보느냐'고 하였다.[6] 조운이 절대 순수 정신의 간절한 희원과 갈망을 이 작품을 통하여 보여주었다면 박재삼은 또 다른 폭포를 소재로 하늘과 땅 사이의 거리의 미학을 그려내고 있다. 언뜻 보기에 이상에의 좌절과 아쉬움으로 비쳐질 수 있겠으나 그렇지만은 않다. '반은 아직 하늘의 것'이라고 본 것은 비룡폭포의 비범과 초월을 함부로 넘보지 않는 무심·무욕을 바탕으로 한 함축적 표현이라고 보여지기 때문이다. 이 점은 그가 자연을 정복이나 겨룸의 대상으로 보지 않고 완상이나 조화의 대상으로 파악하는 근본적 인식태도의 차이에서 연유한다고 볼 수 있겠다.

---

6) 조운, 『조운문학전집』, 남풍, 1990, 69면.

3.

앞에서도 언급하였듯 박재삼의 시조 작품은 시조의 형식을 지키면서도 시조라고 보기 어려울 정도의 자연스러움과 탄력을 지니고 있다. 이 점은 시조의 형식장치에서 오는 단조로움을 극복하기 위한 새로운 모색이라는 관점에서 보다 자세히 살펴볼 필요가 있다.

첫째 우선 형식장치 안에서의 자유로움의 추구는 딱딱 끊어지는 듯한 3·4조의 기계적인 율격을 무시하고 있다는 점에서 찾아볼 수 있다.

① 오늘, 이 가슴 환히
　　하늘로 트였는데

　　　　　　　　　　　　　－「금관(金冠)」 2수 초장

② 하야니 바랜 빨래가
　　햇살보다 눈부시어

　　　　　　　　　　　　　－「어느 날」 첫수 초장

③ 또 그만치밖에
　　흔들릴 따름인 것이

　　　　　　　　　　　－「숲에서 보는 하늘」 2수 중장

④ 누이사 하마 오것다 싶어
기울어지는 마음

—「노안(蘆雁)」 4수 종장

①, ②, ③을 자수 구분으로 보면 한 음보안에서 1자-
1회, 2자-1회, 3자-3회, 4자-3회, 5자-4회로 나타나고
있는 바 5자의 늘어난 음보가 상상 외로 많이 쓰여지고
있음을 볼 수 있다. 이 점은 우리말이 갖는 틈새를 최대
한 이용하려는 노력이 일환으로 생각된다. 우리말은 보
통 한 어절에 조사가 붙어 3, 4자가 주종을 이룬다. 그러
나 여기에 한 자를 더 허용하면 관용어나 부사어가 첨가
하게 되어 그만큼 많은 틈새를 갖게 되는데 이 틈새에서
오는 탄력을 중시하였던 것이다. 종장 역시 ④에서 보듯
3-5-4-3의 자수 기준과는 크게 다른 3-7-5-2의 변형이 이
루어지고 있다. 그러나 그의 용의 주도함은 5자의 늘어난
음보를 중첩으로 허용하지 않고 있음에서 더 두드러져
보인다. ①에서 2자-5자 ②에서 3자-5자 ③에서 1자-5
자로 조응을 이루고 있는 바 5자-5자는 물론 심지어 4자
-5자까지도 꺼리고 있는 것이다. 이는 구(句)의 길이를 고
려한 배려라고 볼 수 있다. 시조는 율독을 해보면 그 호
흡의 장단 안배가 적절히 조응을 이루고 있음이 보편적
인데 인용한 작품들 역시 한 음보의 길고 짧음은 있지만
그것을 전(前)·후구(後句)의 단위로 보았을 때 결코 시

조의 형식장치 안에서 벗어나고 있지 않음을 알 수 있다.

둘째 그의 자유로운 가락의 누림은 여기에서 그치지 않고 구(句)의 보편적 연결방식을 깨뜨리거나 혹은 여러 개의 구(句)가 하나의 의미 단위를 이루도록 묶어버림으로써 새로운 변화를 추구하기도 한다는 점이다. 시조의 기본 형태는 3장 6구라는 점에서 별로 이의 없이 받아들여지고 있는데, 사실 구(句)의 구분은 편리하기는 하나 시조를 막힌 구조 속에 몰아넣는 역할을 충실히 수행하고 있다. 앞서 우리는 「가을에」라는 작품을 통해 이 막힌 구조를 열림의 구조로 환치시키고 있는 점을 충분히 살펴보았다. 이 작품은 구(句)의 보편적인 연결방식에서 어긋나 있기도 하지만 또한 중장의 '눈이 가는 하늘'이 종장의 '좋이 청명(淸明)하더니라'에 연결됨으로써 각 행이 단절되는 막힘을 최대한 열어주고 있다. 그렇다. 숨 막혀 조여오는 듯한 기계적 반복. 시조가 대중들로부터 멀어지고 있는 중요 요인 중의 하나이다. 그러나 형식을 지키면서 자유로움을 추구하는 것은 참으로 힘든 일이다. 그도 이 문제를 두고 시조 쓰기가 어려웠음을 고백한 바 있다.[7]

---

7) 그는 '가락을 자기류(自己流)로 휘어잡아야 한다는 것, 그 속에 시를 살려야 한다는 것, 이 두 가지를 양수겸장(兩手兼將)으로 다스리는 것이 힘에 부쳤던 것이다'라고 술회하였다. 박재삼, 『내 사랑은』(시조시집), 영언문화사, 1985, 10면.

궂은 일들은 다
물아래 흘러지이다.
강(江)가에서 빌어 본
사람이면 이 좋은 봄날
휘드린 수양버들을
그냥 보아 버릴까.

아직도 손끝에는
때가 남아 부끄러운
봄날이 아픈
내 마음 복판을 뻗어
떨리는 가장자리를
볕살 속에 내 놓아……

이길 수가 없다,
이길 수가 없다,
오로지 졸음에는
이길 수가 없다,
종일을 수양이 뇌어
강(江)은 좋이 빛나네.

―「수양산조(垂楊散調)」 전문

가락의 유연성이 비교적 잘 드러나는 작품이다. 1연의

'강(江)가에서 빌어 본/ 사람이면 이 좋은 봄날'에서 보게 되듯 '사람이면'은 의미상 앞의 구에 연결되어야 자연스러움에도 의도적인 행가름을 하여 구간의 단절을 최대한 열어주며, 또한 중장에 그치는 것이 아니라 종장의 '그냥 보아 버릴까'에 연결되어 무리 없이 읽혀지는 효과를 가져오고 있다. (아마 이것이 중장에 그치는 구조라면 어색하게 될 것이다) 더욱이 읽을수록 우리말의 묘미가 느껴지는 것은 2연이다. 초장의 '부끄러운'에 걸리는 명사는 '봄날'과 '내 마음 복판' 둘 다 해당된다. 그런데 이 각각은 여기에 그치지 않고 종장의 주어 역할을 하고 있는데 어느 쪽으로도 그 뜻이 통하고 있다. (물론 그 묘미는 '내 마음 복판'으로 보았을 때가 자아의 반성과 성찰의 주제를 가일층 두드러지게 나타낸다고 보여지지만) 그의 시가 편하게 물흐르듯이 읽히는 이유도 바로 여기에서 연유하고 있다고 보여진다.

셋째 자유로움의 추구는 특히 종결어미(終結語尾)의 조사법(措辭法)에서 두드러진다고 볼 수 있다.[8] 이 점은 인용한 작품에서도 각 장의 마지막 구(句)를 살펴보면 쉽

---

8) 김주연, 「한(恨)과 이후(以後)」, 『겨레시조』, 1992년 여름호, 185면. 김주연 교수는 이 글에서 그의 문체상 특징을 '단순한 문체 문제에서 머무르지 않고 그가 구현하고자 하는 내용과 표리의 관계를 구성하고 있다'고 보고 '종결어미의 변형을 중심으로 한 동사의 교묘한 묘사'가 이에 기여하고 있다고 보고 있다. 김제현 교수 또한 이 점에 주목하고 있다. 앞의 시집 해설 참조할 것.

게 판별이 된다. '흘러지다' '보아버릴까' '내 놓아……' '이길 수가 없다' '좋이 빛나네'에서 보듯 동사의 종결어미를 자유로이 구사하고 있는 점이 바로 그러하다. 명사나 서술적 어미로 끝내는 것이 보편화되어 있는 추세를 감안한다면 그의 독보적 가락의 운용이 결코 우연에서 비롯되지 않았음을 확인하는 단서가 된다. 종결어미를 좀 더 자세히 살펴보면 추정이나 가정('흘러지다' '보아버릴까' '내 놓아……'), 단정('이길 수가 없다'), 혹은 감탄('좋이 빛나네') 등 다양한 구사가 이루어지고 있다. 물론 주로 쓰이는 것은 추정이나 가정법이라고 할 수 있는데 이 점은 그의 시조가 시와 더불어 같은 서정류의 작품 속에서도 박재삼류의 독특한 서정을 만들어 내는 동인이되고 있다. 일련 수긍하지 않으면서도 수긍하고 있는, 아닌 듯 다른 곳을 쳐다보면서도 고개를 끄덕이는 자기 제어에 그 특징적 면모가 놓여있다고 보아야 할 것이다.

4.

누가 말했던가. 가장 슬픈 것을 노래한 것을 가장 아름다운 것을 노래한 것이라고 박재삼 시인은 이 말에 가장 신뢰를 걸어왔던 것처럼[9] 그가 사랑하였던 슬픔을 한결같이 보여주었다. 이처럼 끈질기게 하나의 대상에 신뢰(?)

를 보낸 시인이 있었던가. 그러나 보이는 슬픔만을 그는 노래하지 않았다. 한을 다스리는 지혜를 가졌던 것이다.[10] 그가 시조를 통해 드러내고자 한 문학적 지향점 역시 슬픔의 정서를 떼놓고 생각하기 힘들다. 친자연적인 소재를 통한 무한적 자연 현상에 기대어 서정자아의 눈물 글썽이는 화폭에 아름답게 담아냈던 것이다. 후기로 접어들면서 이 눈물의 질감은 마치 바람에 날려 씻기기라도 하듯 무욕·무심의 세계에까지 이르고 있다. 그러나 무엇보다 밋밋하기 그지없는 시조의 형식장치에 탄력과 긴장을 불어넣는, 그래서 그것이 똑똑한 한 편의 시로도 손색이 없을 정도로 자연스러움과 시적 공감을 획득하여 당당하게 서게 하였던 일련의 작업들은 시조사에 한 획을 긋기에 충분한 것이었다고 평가할 수 있으리라 본다.

---

9) 박재삼, 『한국전후문제시집』, 신구문화사, 1963, 377면.
10) 이광호, 「한과 지혜」, 『울음이 타는 가을 강(江)』 해설, 미래문화사, 1991, 146~147면. 이 글에서 이광호는 한의 정서적 원형을 통해 타인의 존재를 확인하는 과정을 보여준다는 측면에서 한을 다스리는 지혜의 일부라고 보고, 한의 세계를 규율하는 두 가지 시적 지혜를 사랑의 본질에 대한 깊은 사유와 독특한 구어체의 어법에 두고 있다.

박재삼 연보

1933년   4월 10일 일본 동경부 남다마도 도성촌(東京府 南茶摩都 稻城村)에서 아버지 박찬홍과 어머니 김어지의 둘째 아들로 태어남.

1936년   가족 모두가 귀국하여 경남 삼천포시 서금동 72번지에 정착.

1940년   삼천포 일출 국민학교(현 삼천포 초등학교) 입학.

1946년   어려운 가정환경으로 중학교 진학을 포기하고 삼천포여자중학교 사환으로 들어감. 이때 초정 김상옥 선생을 만나 시를 쓰게 됨.

1947년   삼천포중학교 병설 야간 중학교에 입학.
         김상옥 선생의 「초적(草笛)」을 공책에 베껴서 공부함.
         당시 학교 성적은 전교 수석을 차지하였음.

1948년   <삼중(三中)>이란 교내 신문 창간호에 동요 「강아지」와 시조 「해인사」를 발표.

1949년   주간 중학교로 옮김.
         제1회 영남예술제(개천예술제)의 한글시 백일장에서 시조 「촉석루」로 차상을 받고, 장원이던 이형기와 친교를 맺음.

1950년   김재섭, 김동림 등과 동인지 『군상(群像)』을 펴냄.

1951년   4년제 중학 졸업 후 삼천포고등학교 2학년에 편입.

1953년   삼천포고등학교를 수석으로 졸업하고 왕성한 시작(詩作)
        활동을 시작함. 시조 「강물에서」가 모윤숙 추천으로 『문
        예』지 11월호 추천됨.

1954년   김상옥 선생의 소개로 현대문학사에서 취직하여 창간호
        작업을 함.

1955년   미당 서정주의 추천으로 시조 「섭리」, 시 「정적」을 『현
        대문학』에 발표하고 문단에 등단함. 고려대학교 국문과
        에 입학함.

1957년   「춘향이 마음」을 발표, 현대문학상을 수상함.

1958년   육군에 입대하여 1년 6개월 만에 예비역으로 편입.

1961년   박희진, 성찬경 등과 함께 『60년대 사화집』 동인으로 활
        동함.

1962년   첫시집 『춘향이 마음』(신구문화사)을 펴냄.
        김정립(金正立) 여사와 결혼.

1964년   현대문학사를 그만두고 『문학춘추』 창간에 참여하였으
        나 1년 만에 퇴사.

1965년   월간 『바둑』지 편집장을 거쳐 『대한일보』 기자로 입사.

1967년   남정현의 '분지' 사건의 공판을 처음 보고 그 충격을 받
        아 고혈압으로 쓰러져 6개월가량 입원 생활.
        문교부 주관의 문예상 수상.

1968년   고향에서 부친이 별세하자 어머니를 모시게 됨.

1969년   삼성출판사 입사.
        동대문구 답십리동에 집을 장만하고 이사함.

1970년   제2시집 『햇빛 속에서』(문원사)를 펴냄.
        신문에 바둑 관전기를 쓰기 시작함.

1972년   40세의 나이로 직장 생활에서 완전히 벗어나 직업 문인

의 길로 들어섬.

1974년   한국시인협회 사무국장 피선.

1975년   제3시집 『천년(千年)의 바람』(민음사)을 펴냄.

1976년   제4시집 『어린 것들 옆에서』(현현각)를 펴냄.

1977년   제9회 한국시협상 수상.

          제1수필집 『슬퍼서 아름다운 이야기』(경미문화사)를 펴냄. 동대문구 묵동 177-3으로 이사.

1978년   제2수필집 『빛과 소리의 풀밭』(고려원)을 펴냄.

1979년   제5시집 『뜨거운 달』(근역서재)을 펴냄.

1980년   제3수필집 『노래는 참말입니다』(열쇠)를 펴냄.

          위궤양으로 한양대학병원에 입원.

          이 무렵부터 「추억(追憶)에서」 연작을 쓰기 시작함.

1981년   제6시집 『비 듣는 가을나무』(동화출판공사)를 펴냄.

          고혈압, 위궤양 등으로 다시 한양대학병원에 40여 일간 입원.

1982년   제4수필집 『샛길의 유혹』(태창문화사)을 펴냄.

          제7회 노산문학상 수상.

1983년   수필선집 『숨가픈 나무여 사랑이여』(오상)를 펴냄.

          『바둑한담』(중앙일보사)을 펴냄.

          제7시집 『추억에서』(현대문학사)를 펴냄.

          제10회 한국문학작가상 수상.

1984년   제5수필집 『너와 내가 하나로 될 때』(문음사)를 펴냄.

          시선집 『아득하면 되리라』(정음사)를 펴냄.

1985년   제8시집 『대관령 근처』(정음사)를 펴냄.

          제9시집 『내 사랑은』(영언문화사)을 펴냄(시조집).

          시선집 『간절한 소망』(어문각)을 펴냄.

1986년   제10시집 『찬란한 미지수』(오상사)를 펴냄.
         제6수필집 『아름다운 삶의 무늬』(어문각)를 펴냄.
         제7수필집 『차 한 잔의 팡세』(자유문학사)를 펴냄.
         중앙일보 시조대상 수상.
1987년   제11시집 『사랑이여』(실천문학사)를 펴냄.
         시선집 『울음이 타는 가을 강(江)』(혜원출판사)을 펴냄.
         『가을 바다』(자유문학사) 『박재삼 시선집』(범우사)
         『바다 위 별들이 하는 짓』(문학사상사)을 펴냄.
1988년   시선집 『햇빛에 실린 곡조(曲調)』(성지문화사)를 펴냄.
         제7회 조연현문학상 수상.
1990년   제12시집 『해와 달의 궤적』(신원문화사)을 펴냄.
         제7수필집 『미지수에 관한 탐구』를 펴냄.
1991년   제13시집 『꽃은 푸른 빛을 피하고』(민음사)를 펴냄.
         시선집 『울음이 타는 가을 강』(미래사)을 펴냄.
         인촌상 본상 수상.
1993년   제14시집 『허무에 갇혀』(시와시학사)를 펴냄.
         시선집 『사랑하는 이의 머리칼』(미래문화사)을 펴냄.
         『친구여 너는 가고』(미래문화사)를 펴냄.
1995년   시선집 『박재삼 시전작선집』(영하출판사)을 펴냄.
1996년   제15시집 『다시 그리움으로』(실천문학사)를 펴냄.
1997년   시선집 『사랑하는 사람을 남기고』(오상사)를 펴냄.
         6월 8일 일요일 새벽 5시경 65세의 일기로 지병인 고혈
         압과 신부전증으로 유명을 달리함. 장지는 공주시 의당
         면 도신리 도덕교회 뒷산.

참고문헌

정창범, 「의식적 아나크로니즘-박재삼의 풍토」, 『세대』, 1964. 9.

김시태, 「진정한 자아의 탐구-박재삼 시집 서평」, 『현대문학』, 1977. 5

윤재근, 「박재삼론」, 『현대문학』, 1977. 5

김제현, 「박재삼(朴在森) 시조론(時調論)-지(知)·정(精)·리(理) 제합(齊合)의 시정신(詩精神)」, 『내 사랑은』, 영언문화사 (永言文化社), 1985.

백운복, 「서정적 한의 형상」, 『시문학』, 1985. 5

이헌석, 「시어의 다원화를 위하여-박재삼 시의 어미활용 일고」, 『월간문학』, 1985. 5

김영민, 「서정시의 새로움을 위한 구도-박재삼론」, 『문학사상』, 1988. 6.